Deïdamia

COMÉDIE HÉROIQUE EN TROIS ACTES

DE

THÉODORE DE BANVILLE

MUSIQUE

DE

JULES CRESSONNOIS

PARIS

ALPHONSE LEMERRE, ÉDITEUR

27-31, PASSAGE CHOISEUL, 27-31

M DCCC LXXXI

À Georges Mouval

J. Cressonnois (signature)

Deïdamia

COMÉDIE HÉROIQUE

REPRÉSENTÉE POUR LA PREMIÈRE FOIS A PARIS

SUR LE THÉATRE DE L'ODÉON

Novembre 1876.

Deïdamia

COMÉDIE HÉROIQUE EN TROIS ACTES

DE

THÉODORE DE BANVILLE

MUSIQUE

DE

JULES CRESSONNOIS

PARIS

ALPHONSE LEMERRE, ÉDITEUR

27-31, PASSAGE CHOISEUL, 27-31

—

M DCCC LXXXI

A

MONSIEUR LE GÉNÉRAL

FRANCIS PITTIÉ

Hommage

de

Respectueuse sympathie

et de

Confraternité artistique.

J. C.

DEÏDAMIA

Nº 1
OUVERTURE

4

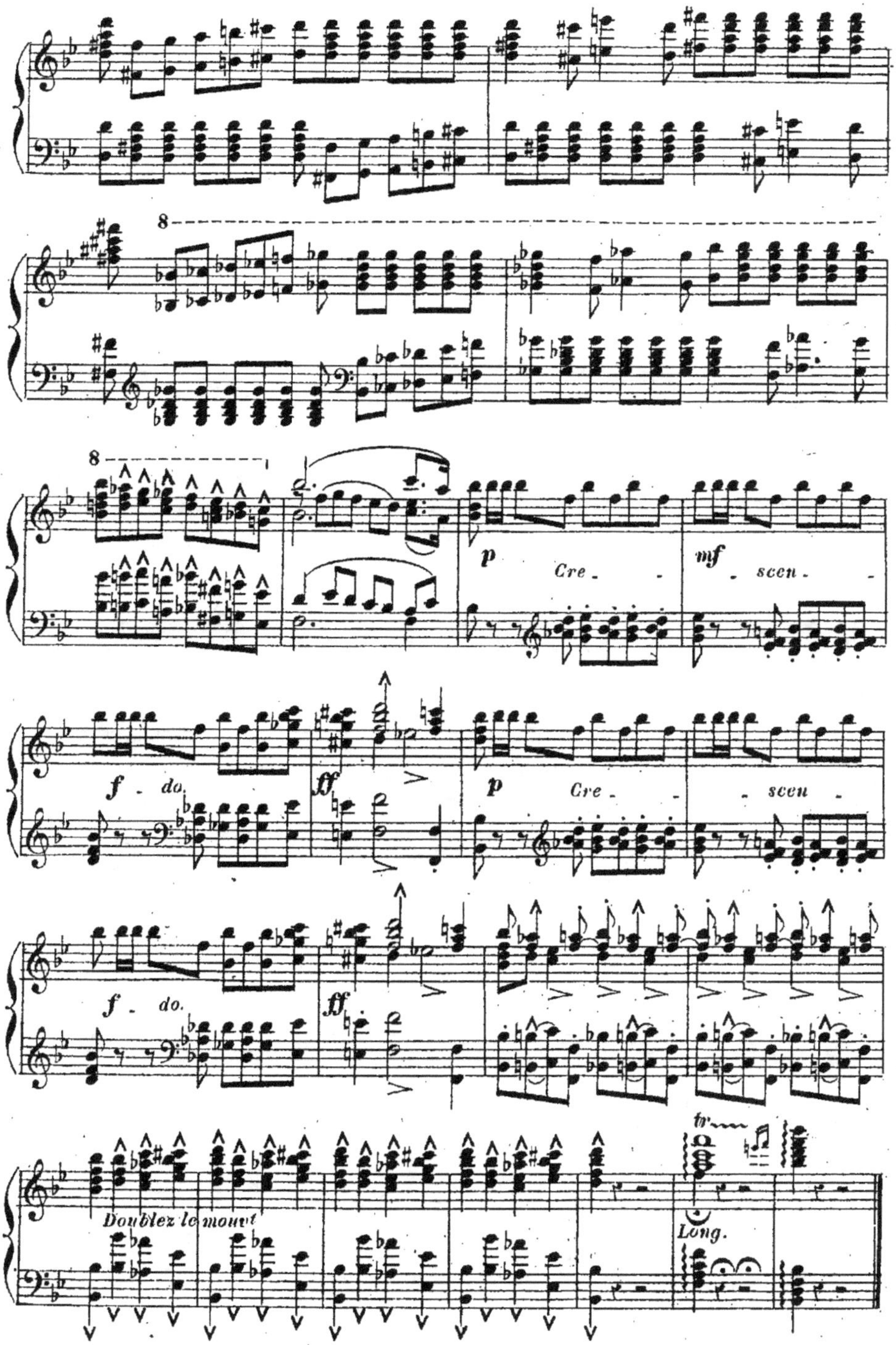
8
8
p
Cre - scen -
mf
f - do.
ff
p
Cre - scen -
f - do.
ff
Doublez le mouvt
tr
Long.

ACTE I
Nº 2
MÉLODRAME

Au lever du rideau, Thétis et les Néréides entourent Achille endormi.

Andantino.

VIOLON

Con sordini.
pp

(THÉTIS) Oui, celui qui dort là de ce sommeil tran-

PIANO

pp Quatuor.

- quille etc.

:θ: *Au théâtre on ne fait pas la reprise, et l'on passe de suite à la 2ᵉ fois.*

Entrée des Princesses filles de Lycomède.
Elles vont déposer leurs offrandes sur l'autel.

RÉPL. Tais-toi regarde.

Poco agitato.

Cresc.

Cresc.

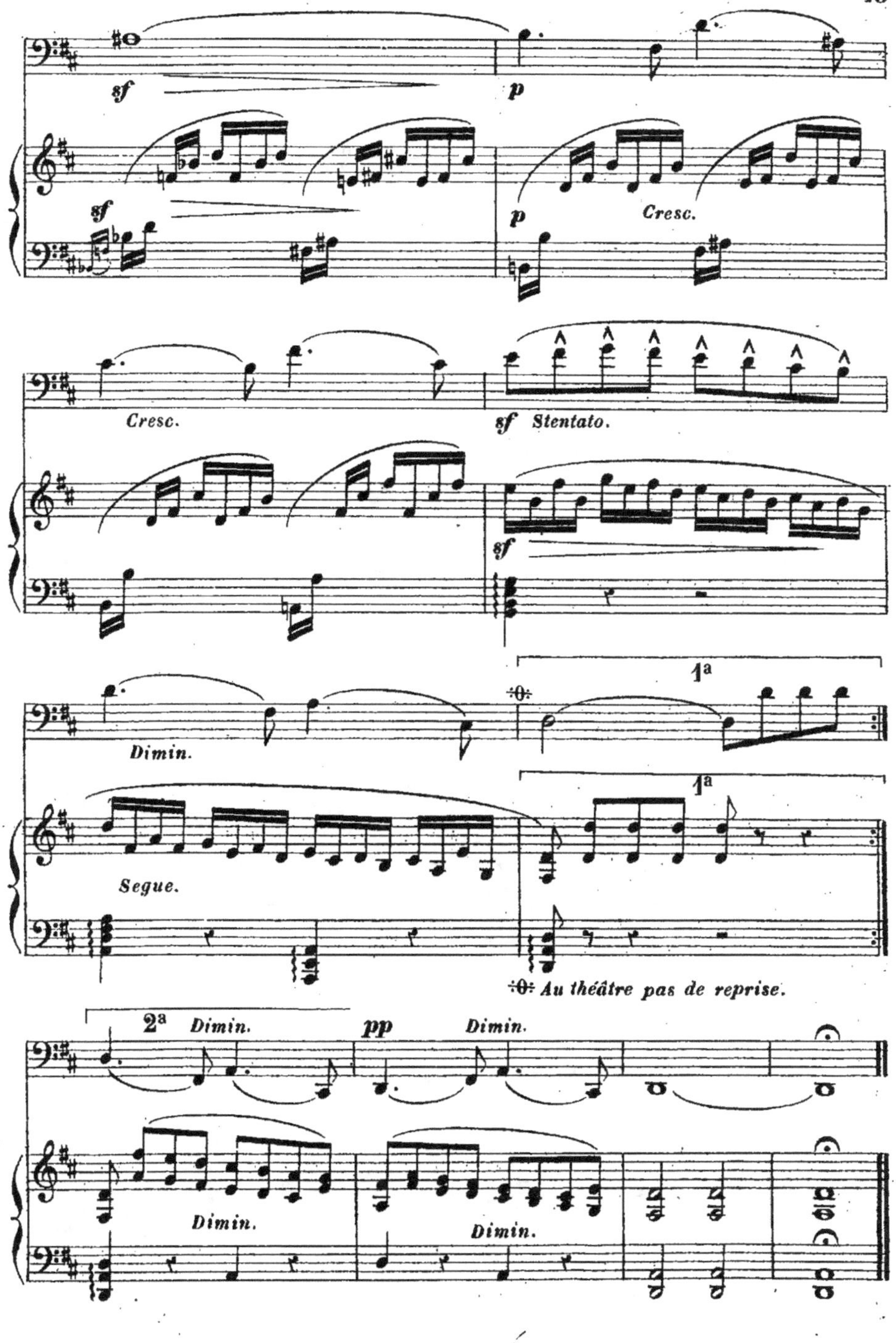
sf
p
Cresc.
Cresc.
sf Stentato.
sf
Dimin.
1a
Segue.
Au théâtre pas de reprise.
2a
Dimin.
pp
Dimin.
Dimin.
Dimin.

RÉPl.. Mes sœurs, allons au temple
De Pallas !

N° **3** (bis)

RÉPL. Je saurai, s'il le faut,
réveiller ma colère.

Nº 4
MÉLODRAME

FLÛTE

pp

Cependant, écou_tez! La mer, la vaste mer a tressailli. Des voix montent du gouffre a_

HARPE

p *pp*

_ mer. Le flot dont quelque charme apaise les dé_lires Frémit: C'est comme un bruit de flûtes et de

lyres Et dans l'air embrasé de feux brille une i _ ris. Oh! mes sœurs! qu'ai-je vu! La déesse Thé_

_ tis!

ppp

Perdendosi. ppp

Nº 5
ENTR'ACTE

Tempo di Minuetto.

FIN.

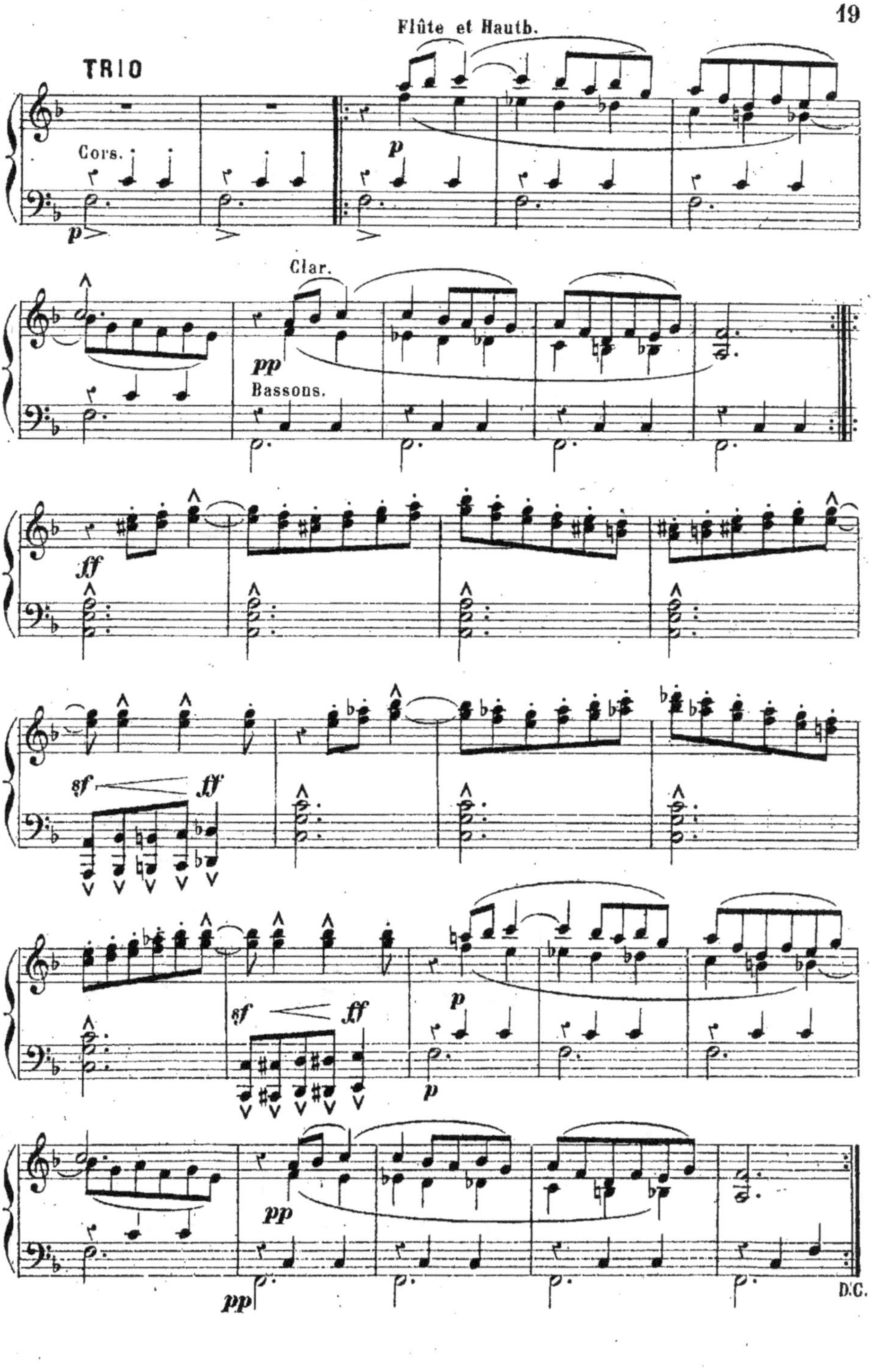

Flûte et Hautb.
TRIO
Cors.
Clar.
Bassons.
D.C.

2ᵉ ACTE, Tacet.

Nᵒ 6
ENTR'ACTE

Nº 7
CHANT D'ACHILLE.

RÉPL. Nous t'écoutons, Iphis.

Allº maestoso.

PIANO.

ACHILLE.

Oh! pro _ té _ ge les nefs ra _ pi _ des, Thé _

_tis, dé _ esse au pe _ plos bleu, Qui dans l'a _ zur des flots splen_

_di _ des Ré _ flé _ chis le so _ leil de feu! Tous les

dieux que le ciel ef _ fleu _ re, Dé _ si _ raient ta bel _ le de _

_ meu _ re De clair sa _ phirs et de co _ raux: Tous ils

t'a _ dres _ saient leur pri _ è _ re; Mais toi, dans ton â _ me guer _

Marcato.

Con fuoco.

Largement. Allegro.

_ riè _ re, Tu leur pré _ fé _ ras un hé _ ros!

Segue la voce.

Tremolo.

Trompette.

_men _ ce Est l'i _ ma _ ge du flot a _ mer!_____ Pa _

_reil dans la mê_lée im _ men _ se Aux fu_reurs de la vas _ te

mer, Il court, semblant a_voir des ai _ les; Et par_

mi les flê ches mor _ tel _ les Ri _ ant à l'ai _ rain qui le

mord, Il va, la main de sang trem _ pé _ e, Cher_

_chant le baiser de l'é _ pé _ e _____ Et la ca _ res _ se de la

mort! _____

Ecoutez! ce sont eux! Par quelque affreux pro_dige Ils sont venus! ce sont les Phrygiens, vous dis-je! O Deïdami _ a! sur toi, sur vous, mes

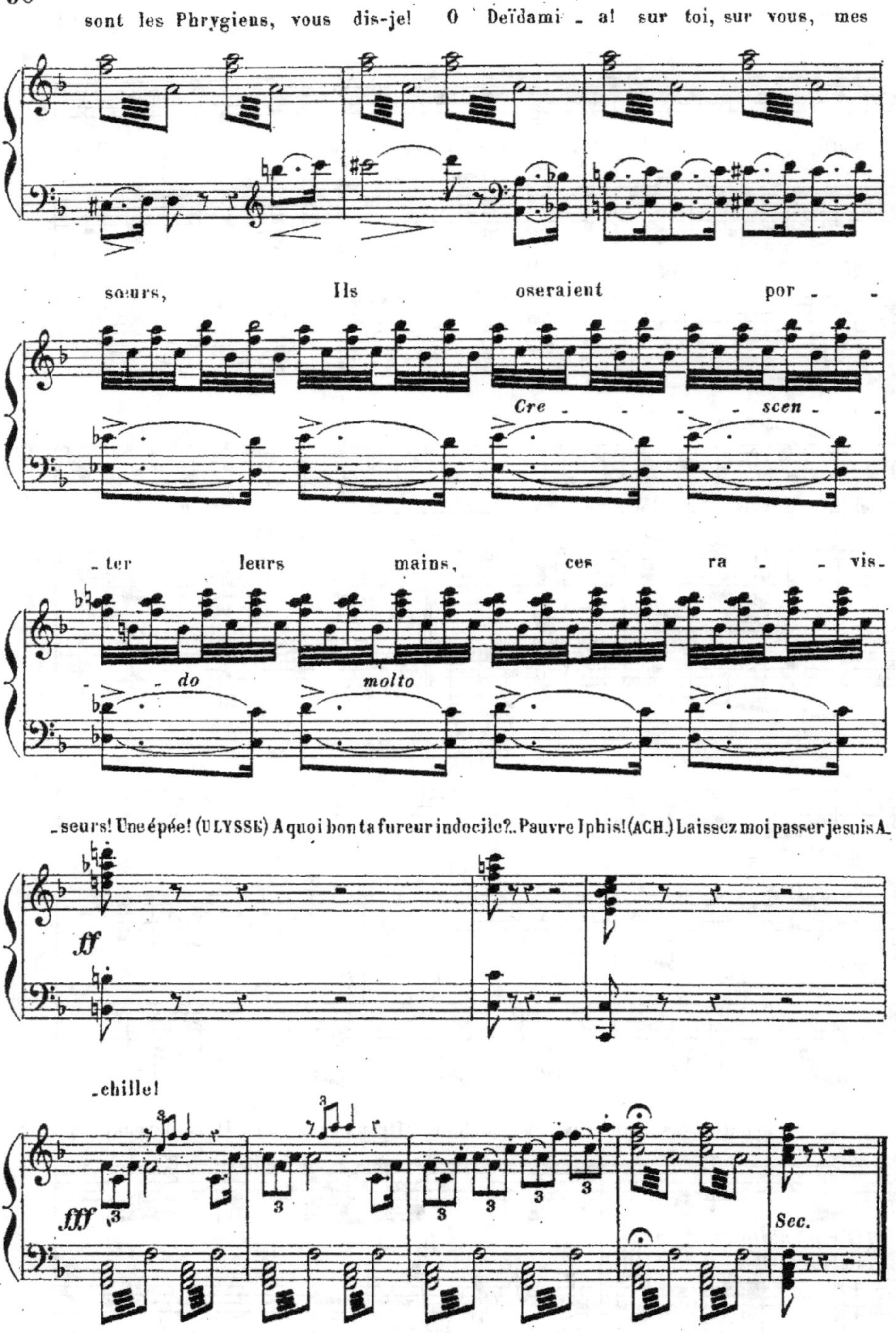

sœurs,   Ils   oseraient   por _ _

Cre _ _ scen _

_ ter   leurs   mains,   ces   ra _ vis.

_ do   molto

seurs! Une épée! (ULYSSE) A quoi bon ta fureur indocile?.. Pauvre Iphis! (ACH.) Laissez moi passer je suis A

ff

_chille!

fff   *Sec.*

RÉPL. Car Deïdamia, ta compagne, fût-elle Oubliée, a marché dans ta route immortelle!

And^{no} amoroso.

CELLO.

(ACHILLE) O Dieux! gardez ici tout ce qui me fut cher. Ce pur sang de mon

And^{no} amoroso.

HARPE.

sang! Cette chair de ma chair! Et du haut de la nue éclatante

et profonde Protégez ce front d'or et cette tête blonde! Secourez-les!(DEÏDAMIA) A-

-dieu, mon maître! Adieu mon roi! Mon âme! toi qui fus mon Achille!Vers toi S'envole-

_ront mes cris de dou_leur et de joie! Tu m'a_vais prise, fier chasseur, comme une proie Qui sent

la mort sereine entrer dans son œil bleu, Et je garde en mon cœur la brulûre et le feu Vivant de ton a_

_mour qui fut mon seul délice. Va! je t'aime, et je suis heureuse. Viens Ulysse!

Arco.   ACHILLE.   Allegro.

Paris, Grav. Imp. H. Lemoine, 17, rue Pigalle.   Deïdamia. — Jules Cressonnois.

TABLE

—

Paris. — Charles Unsinger, imprimeur, 83, rue du Bac.

www.ingramcontent.com/pod-product-compliance
Lightning Source LLC
Chambersburg PA
CBHW060850180626
46818CB00004B/1645